REMORSO
DO COSMOS

(de ter vindo ao sol)

Régis Bonvicino

REMORSO
DO COSMOS

(de ter vindo ao sol)

JUNHO DE 1999 — ABRIL DE 2003

Ateliê Editorial

Copyright © 2003 Régis Bonvicino

ISBN 85-7480-197-6

Desenhos: Susan Bee
Composição: Ricardo Assis

Direitos reservados à
ATELIÊ EDITORIAL
Rua Manuel Pereira Leite, 15
06709-280 – Granja Viana – Cotia – SP
Telefax: (0--11) 4612-9666
www.atelie.com.br
e-mail: atelie_editorial@uol.com.br

Printed in Brazil 2003
Foi feito depósito legal

SUMÁRIO

9 *Apresentação*

15 Manifesto

16 Exílio

18 Acontecimento

19 Quarto poema

20 Quinto poema

21 Sexto poema

22 Sétimo poema

23 Oitavo poema

25 Make it new

26 Etc.

44 No Beco do Propósito

45 Andando na Baixa

46 Sem título (1)

47 Sem título (2)

48 Sem título (3)

50 Sem título (3) — (duas vozes)

56 Sem título (4)

57 Sem título (5)

58 En las orillas del Sar

61 Abstract

62 Com a Bruna

63 Decantando

67 O som

69 Canção (1)

70 Canção (2)

71 Canção (3)

72 Canção (4)

73 Canção (5)

74 Canção (6)

75 Canção (7)

76 Canção (8)

77 Acontecimento (2)

78 Acontecimento (3)

79 Aniversário

80 A nuvem

82 À beira-mar

84 Abstract (2)

85 Sucesso

86 Variação horaciana

87 Música

88 Antimuseu

89 Suor

90 Quase

92 Poema

95 *Nota*

97 *Bibliografia do Autor*

Apresentação

Sugestivos o título e as iluminuras da artista plástica norte-americana Susan Bee que abrem e fecham esse novo livro de poemas de Régis Bonvicino, *Remorso do Cosmos (de ter vindo ao sol)*; junto com as epígrafes contêm os densos indícios de seu conteúdo: séries, mutações, constelações de uma língua plurívoca que escapa às costumeiras mensurações e que vai, atravessando o tempo, do cosmos ao caos, numa cozedura apurada ou síntese de linguagens e de domínios. Em "Sem Título (3) (Duas Vozes)", lemos, por exemplo: "vejo estrelas com motores no céu da janela / de minha sala / Lately, I've seen stars with motors in the sky, / from my window e borboletas voltam para mim como primers / atiradores / gatilhos / butterflies come back to me, as / detonators" ou "Boca de mil dentes / Intermitente / Cospe os fardos" como diz, no começo, seu "Manifesto".

Ao mesmo tempo em que, entre os espaços urbanos, um dos principais *leitmotive* da poética de Bonvicino, se inserem agora com muita visibilidade outros espaços, naturais ou humanos, para chegar ao "espaço último / quando um míssil / noctilucente triste lúgubre" ("A Nuvem"). Assim, entre os reinos, é o vegetal que floresce, extremado, numa festa de magnólias, calêndulas, rosas, begônias, hortênsias, tulipas, jacintos, gardênias... Isso não é apenas, como diz Francis Ponge, (*L'oeillet – La Guêpe – Le Mimosa*), para fazer com que o espírito humano se aproprie das qualidades das flores que a rotina lhe impede notar, mas para, quebrando essa mesma rotina, fazer com que o ser humano tome consciência da terrível hibridação que o cerca, "destino de pétalas /tulipa ou verbena / do cosmo cai / uma estrela cega" ("Etc. 8").

O mediador dos acontecimentos, em *Remorso do Cosmos*, é o deslocamento, que afasta e que aproxima, que recorda, que constata, que considera, que conclui. Tentando atrair imagens "como se tocasse um piano mudo", não deixa, contudo, de ver, entre profusões de flores, "cadáveres abandonados em valetas / cotação de pregões / (tudo está à venda)" e a borboleta de outrora se retransfigurando em "esqueleto de morcego", num mundo que "Dispara mísseis em sílfides, falbalás / e nos silos / devassa de asas e estrelas" ("Poema").

Atualíssima, feita de palavras simples, raras ou politicamente proibidas (pela censura do projeto *Échelon*), a poesia de Bonvicino engaja-se nesse livro na causa da sobrevivência universal e ainda e sempre tenta alcançar a haste verde da flor e na "água, o que não passa com a chuva" ("Antimuseu").

AURORA F. BERNARDINI, JUNHO DE 2003

REMORSO
DO COSMOS

(de ter vindo ao sol)

A frase falha do meu póstumo hino

F. P.

Et les mutations sont-elles réversibles? Hein, sont-elles réversibles? Ce serait un travail d'Hercule, au-dessus de mes forces. D'abord, pour leur convaincre, il faut que j'aprenne leur parler. Pour leur parler, il faut que j'aprenne leur langue. Ou qu'ils aprenne la mienne? Mais quelle langue est-ce que je parle? Quelle est ma langue?

EUGÈNE IONESCO

MANIFESTO

Boca de mil dentes
Intermitente
Cospe os fardos

Exílio

entre os mercenários
há indícios
intacto
este orvalho

ao sul, Libra
lanças e lobo
o que
se dissolve na neblina

.

melro corrói cabeça
uma única semente de romã,
seca
báculo

talvez de diabo
passo a
passo crisálida que, a-
traída pelo sol,

se queimou
dose diária de losna

e nada pouco a
pouco Cerberu uma hidra

a cada dia
lasca
de madeira em brasa
na boca

Acontecimento

1

Timbre áspero. Ângulo vivo do vento. Sol para magnólia.
Chuva para cacto. Crótalos para cobra e cauda de guizo.
Rotação e translação, desmedidas. "A" para coisa e estrela
e para calar e para *ex*. Mera passagem em si, para seguir.
As cinzas de um mapa queimado. Estacas para mônadas.
Atalho para alado. Detargo, o vulto precipitado anula a
asa do dragão

2

Lento para sol. Lento que expõe o azul. Cicio para
silêncio. Silvo para calado. Força para fluxo, magnético,
onde a estrela atrai a noite. Noite para estrela. Estrela
para sol. Mútuo para azul e cor, distantes. Ritmo para
noite. Sol para luzes e nuvem. Nulo para azul. Azul nulo
para espaço. Coisa e sombra mais adiante

Quarto poema
(canalha densamente canina)

Flores exalam medo,
cólera de cor,
magnólias exalam silêncio
tulipa intimidada,

o idioma dos medos
folhas caducas
das calêndulas sem janeiro
remorso do cosmos

de ter vindo ao sol
a rosa e seu
perfume, seco
sombra

apavorada de begônia
azul de hortênsia,
visgo arredio,
tenso

crisântemo em pânico
pétalas vermelhas do rododendro
trêmulas não
do vento

Quinto poema

& na conta exata
azul dos jacintos
no trânsito raro
branco das gardênias

na permuta nula
cores de aparina
o declive agudo
vermelho de clívias

breve apuro púrpura
calicanto e íris
cálice da anêmona
o branco da antílida

outro atalho tênue
onde passam, prímulas

Sexto poema

Sob a ira das víboras
na agonia das cortinas
onde atiravam pedras

no aterro de mim mesmo
meses a fio
o veneno de acônitos

no atear-se fogo
no açular o nervo do açúcar
querer algo além dos cômoros

Sétimo poema

Silêncio é forma
contar é ato
livre, imprevisto
traço de luz

ele se aquieta
contraste & vulto
que rompe súbito
em outra véspera

•

voz das camândulas
no livre curso
lis de petúnias,
fisionomia,

muda, da sombra,
& os avelórios,
cortando os dedos,
a cada conta

para Claude Royet-Journoud

Oitavo poema

Borboletas fogem para os abrigos
feca um lírio ficto
Servir-se das vísceras do lince
e do flamingo

Ninho de guinchos,
aqueles que
tiram nabos de púcara
apanham boas portas

esmiúçam nenúfares
negociam
pálpebras de pintassilgos
e interpelam orquídeas

em vigília
o dedo toca uma estrela
êxito
dos mercadores de camelos

e de pétalas sumarentas
cáfilas
bombeiam folhas secas
e a água dos caniços —

avaria dos rododendros
mútuo de abelhas
e de mutuns, vermelhos
milho e estrume no bico

Make it new

Serviram-me veneno à mesa
sanha de "mentes tacanhas"
Apaguei da cabeça
qualquer idéia de vário

e me tornei (eu) mesmo
vítima do menosprezo?
no final do século
nada além

de pegar cigarros do maço
levar o garfo à boca
ir e vir etc
(Hoje, alguém em mim que eu desprezo)

para a Darly

Etc.

I

Tateava um morteiro
& seu alcance,
a lâmina do radar
& sua rede

flexível
sondava o ânimo,
clandestino, de um elmo
seu afã

mira & diâmetro
sob o arco aceso da madrugada
me sentia só
ao som das teclas de um piano

•

apontava para o céu,
serena luz, longínqua,
via, apenas,
os seus braços

na parede do quarto
lâmpada repousava
o espaço,
horizonte & cápsulas

sigdasys sugavam cabeças
decepadas & a estrela extraordinária
riscava-se,
em cores opacas

2

Tentava apanhar a flor
meia-parede
braço entre as grades
tentava

alcançar a haste
verde da cósmea
consolo do sol ou azul do miosótis
na ponta dos dedos

pétalas brancas do narciso,
em si incólumes
além do muro
um caule ostentava folhas enormes

•

golpeava uma constelação
inútil, firetalk,
com aparência de duna
talvez fosse pantera

& não apenas idéia
que se transfigura

& toca seu próprio núcleo
sólido, estrelas pousavam

em meu olho, como um aporte
punhaladas no corpo,
paleta, nódoa
& salva de galopes

3

Tentava seguir, passos
vozes, no mármore
folha, vermelha, do ácer
nesta parede, do The Art...

ou no jardim da casa de
Frank Lloyd Wright em Oak
Park, do verde, tênue,
glauco captar

a cor do céu,
tentava entender o sol
folhas amarelas
esplêndidas ainda com seiva

observando numa rua
qualquer na verdade cor do ouro
em contraste
daqui a pouco secas

concorrendo
com o outono, vermelhas
como um pôr-do-sol
de bolso

na moldura inox,
antes de cair,
uma garota de cabelos vermelhos
talvez Nolde

Chicago, 10/2000

4

Tentava entender a figura
do cavalo amarelo
no Museu de Arte...
manhã, no Parque

(bicos–de–papagaio avançando para
além do muro, outra rua,
folhas de sangue)
tentava captar, o possível

estrela, cascos–labareda,
lobo & esquilo,
únicos & mútuos,
& um tipo quase de buda

cavalo farejando
nuvem, olhar atento,
boiando, rajadas de
vermelho, no céu, pétalas

do flamboyant
tentava entender a luz
& seu cavalo alto
a cor & seu cavalo mudo

num quadro
pintado de Nolde
além da janela
talvez chova talvez faça sol

São Paulo, 11/2000.

5

Decapitava um sonho
eis que me seguia
a passos largos
estreito jardim de formiga

& era
de um salto
satélites saindo de órbita
pétala da rosa ou espinho

sementes & hortênsias
ao lado de ogivas
súbito, um séquito,
lâminas incandescentes

de síliquas
por um instante suaves
& à sombra do lilás
epitélio de estrelas

aludes, neblina,
caíam sobre a pista
na primavera talvez
estivesse em Mountain View

havia cactos por perto
luzes queimavam pedras —
sistro, sol sonante,
cordas mudas de um saltério

6

Tentava atrair uma imagem
como se tocasse um piano mudo
demais desgaste sem nexo
contínuo intento refugo

princípio ativo da ga-
roa cor de cinza
vento costumeiro
cós do cosmos, grumúlo, gosma

tentativa inútil
nuvem que se forma
no céu do outono figuras
passavam reflexos de vultos

curtos manchavam o vento
secando entre os dedos
o resedá não está enfermo
o resedá não é angelim-de-morcego

o resedá não é cássia-grande
trato oculto, erva
flor ou viga? Afinação Anormal
de pétalas, longana, um mês já se passara

enquanto este
azul desta rua alonga-se
estampa-se
resedá óbvio de um êxtase cego

7

Dialogava um lamento com o vento,
pedia a ele mais um tempo
& um espaço,
que me recusava o movimento

& à coisa o seu alento
vento batendo na persiana
um furtar-se a coisa
da coisa talvez fosse feito

que me fazia ver a coisa
sem os seus segredos
entre as lâminas da persiana
lâmpada ou seixo?

mesa, cadeira e um sofá
desatento
na quina da parede branca,
súbito

que derruba muros
& árvores do tento,
de flores às vezes quase pretas
raras,

& espalha o veneno
da casca do verbasco,
fúria dos ponteiros
embora lento, aceno

agora sobrevento
lâminas contra a parede
vento surdo,
levando-se, a si mesmo

8

Detento do estado do tempo
& de seu domínio
adiava alissos & lírios.
Tentativas de fúcsias,

outras de petúnias
várias de papoulas
um nenúfar detém-se, no seu curso
ao sul de luas curvas

inúmeras de gardênias
de clematites das pedras
alamandas estancam súbito
tentativas seguidas de saxífragas

& astranças brancas
agatéias & prímulas
vagalumes traçam o perfil de búgulas
acácias, anêmonas

muitas vezes tentativa
de estrelítzias
& de uma flor,
imaginária, definitiva

•

destino de pétalas
tulipa ou verbena
do cosmo cai
uma estrela cega

9

Cavalete encontro
héctica e encanto
(cores) ofuscantes
contém crisântemo

desencontro (azul)
(o quarto) crescente
(o sol) anoitece?
terceiro preceito:

(os traços refratam)
(cegos), cintilantes
(qualquer) conteúdo
contendo-se (adiante)

(ou o que) incendiaste
transparece (quando)
acintosamente
cortar-se entrebranco

•

Câncer não está mais ao alcance
do golpe de vista
um tipo de sombra cai, pesada, no barco,
entre maremotos, escarcéus e raros remansos

quedo como um penedo?
podendo tratar-se de um rio
ou de um hellfire
que desapareça adentro

No Beco do Propósito

a estrela desaproveita
o sol queima lâmpadas à noite
o flamboyant
entrando no telhado da casa da esquina

tem favas pretas, & semente,
manhã azul
pétalas vermelhas de vênus
no muro,

o arbusto se ergue, esguio, da pedra
como vulto
um cão, de passagem, rói um osso
os cravos cheiram muito

para a Bruna
Paraty, 12/7/2000.

ANDANDO NA BAIXA

Coimbra
início de primavera
na pedra do Arco de Almedina
carpe diem

é apenas
mais um grafite
Adro de Santa Justa
um par de casas

o gerânio brota da parede
adunco, verde
mais do que ficto —
Acima de janelas limítrofes

para o Marcelo Bonvicino

Sem título (1)

Minas, silenciadores, a dissolução prévia do corpo, nadis,
flama, recôndito, Sundevil, Léxis-nexis, arpa, sard, cisa,
carmina, estrondos, satcoma, satélites, retratos na parede,
capricórnio, gama, gorizont, isso, parasita, morgancani-
ne mantis, ionosfera, reflexo, & o surto de outras figuras,
batedores, white noise, sexo, enseadas, Speakeasy, colmi-
lho, miras estriadas, os ópios de emergência, e um vento,
índigo, explosivo, mania, gases úteis para o exercício
diário da vida, janela, Bubba, the Love Sponge, onde
pousava, de madrugada, a brisa

Sem título (2)

Na virtude dos músculos, dias diamantinos, no frêmito de ser & quando efetivo, na força das vigas, no ânimo de paredes, erguidas, gerânios no canteiro, tijolo, um a um, firmes, fio avariado, pupilo de um suicídio, alento de silhueta, na derrocada da cor, estilhas de vidro, aranhas na cama, sol em surdina, persistindo, no tumulto de pancadas, cúpulas, ópio hipnótico, clemência dos meses, brio de ladrilhos, lâmpadas sob o teto, o alento em si do vento no flagelo da janela e demais utensílios, déspota de portas, escombros do cômodo, caliça, verdugo de seu próprio muro, maciço.

Sem título (3)
(*Between*, entre)

Lately, I've seen stars with motors in the sky, from my window, vejo estrelas com motores no céu, da janela de minha sala, *a kind of report of the bent wind's gust,* um tipo de relato do golpe de vento, *butterflies come back to me as,* borboletas voltam para mim como *primers* atiradores *detonators* gatilhos *sniping* apara *motorcade* "parada" *silver nitrite* nitrito de prata *fulminating* fulminate *grenades* granadas *incendiary* incendiário *Termites* Cupins *fuhreee jacks* avião *spookwords* verbo-espectros *not with flashbangs* sussurros DIA DIA *meteors* bólides SASSTIXS SASSÂNIDAS *reflection* reflexos *pixilated* aloprado *Dictionary* Dicionário *daisy* êxtase *Iris* Arco-íris *jack of all trades* pau para toda obra *remailers* saros TEXTA TEXTA *fake* traiçoeiro *Sara* saracenos *Saratoga trunk* ventó *sphinx* esfinge *tattoed jasmine* jasmim *nonac* negar-se *time* tempo *water lilies* nenúfares *imagery* a forma definitiva do inseto *silent that Starr* cale aquela estrela *stego* stego *Bob* pêndulo ou isca *parvus* tolo *condor* condor *Shipload* Carga *Eden* Delícia *firefly* vaga-lume *joe* pincel *osco* passadores *lanceros* soldados *illuminati* iluminados *lamma* ou musgo *zero* zero *prime* aurOra *life* vida

what is left
   to my light
        o que se deixa
           para a luz

                    para Douglas Messerli

SEM TÍTULO (3)
(duas vozes)

Lately, I've seen stars with motors in the sky
from my window
vejo estrelas com motores no céu, da janela
de minha sala

a kind of report of the bent wind's gust
um tipo de relato do golpe de vento

butterflies come back to me as
borboletas voltam para mim como

primers
atiradores

detonators
gatilhos

sniping
apara

motorcade
"parada"

silver nitrite
nitrito de prata

fulminating
fulminate

grenades
granadas

incendiary
incendiário

Termites
Cupins

fuhreee jacks
avião

spookwords
verbo-espectros

not with flashbangs
sussurros

DIA
DIA

meteors
bólides

SASSTIXS
SASSÂNIDAS

reflection
reflexos

pixilated
aloprado

Dictionary
Dicionário

daisy
êxtase

Iris
Arco-íris

jack of all trades
pau para toda obra

remailers
saros

TEXTA
TEXTA

fake
traiçoeiro

Sara
sarracenos

Saratoga trunk
ventó

sphinx
esfinge

tattoed jasmine
jasmim

nonac
negar-se

time
tempo

water lilies
nenúfares

imagery
a forma definitiva do inseto

silent that Starr
cale aquela estrela

stego
stego

Bob
pêndulo ou isca

parvus
tolo

condor
condor

Shipload
Carga

Eden
Delícia

firefly
vaga-lume

joe
pincel

osco
passadores

lanceros
soldados

illuminati
iluminados

lamma
ou musgo

zero zero
prime

aurOra

life
vida

    what is left
     to my light

        o que se deixa
         para a luz

Sem título (4)
(fanti-axanti)

Caras-douradas, monos-carvoeiros, iguanas, tiês incandescentes, bromélias, orquídeas, saíras, do cimo das árvores, araras, precipitam-se: berloques, chircas, tônis, jias, néticos, Avi Shelter!, no Mar da Ligúria, Cúpula-cáfila, de réplicas — abatis, por mísseis e cifras — contra o plus, o sm@sh, o black — aqui, no Sul, o vento alastra o fogo, o fogo queimando a Mata — Gênova, disparos, balas na cabeça, o corpo esmagado pelo jipe, dos carabinieri — punk bestia!, Alimonda, estigma decapitado, agora, "alcoólotra, amigo das drogas" (Fa Lun Gong, calado! e os da Coca-Cola, na Colômbia, atraidos, assassinando) ya Basta! contro li alieni, lábaros e carros incendiados, vitrines destruídas — o corpo, respect!, vômito & os da tribo bux nígrous, livres, em algum lugar, recôndito, das florestas das Guianas reanimando, escombros

21/7/2001

Sem título (5)

Gaivotas, peixes, bancos de areia, óleo vazando de um navio, trincaram-se as sedelas do anzol cumprindo-se a sina, num movimento perpétuo, (palavras) atraídas por gravidades centrífugas ou zero, debate de tempestades ameaçadas, ceder, à chuva, ao sol, ao frio, ao dia, luz elétrica, janelas, portas, elevadores, cadeira, mesa, aviões, vitrines, Lynch, shaved fish, ondas do Atlântico, tráfego, manchetes, o sabiá, suave, no jacarandá — lezíria, de um único rio, que corre, em todos os sítios, *LéxiCo*, ressurgindo agora, num outro (espaço, céu nublado, manhã de verão, paira, para que?, *em planos irrealizáveis à maioria das aves*)

En las orillas del Sar

Aniquilam pisos
permanente vedo
pido una limosna
no Pórtico

de La Gloria
(atalaya-se excepto
clientes
o mar importuna

abelhas nas camélias
brancas
Sansenxo
o verão é um reflexo

no espelho)
pedras despensam
despacio
estourando no Toural

tilas em La Alameda
Lunula na Rúa Nova
em Tránsito
de los Gramáticos

parvo
denegando-se
sartego (túmulo) o tempo
(viejas

senhoras se passeiam a orla
Portonovo, Caneliñas
rochas são folhas
mais adiante

gaivotas vadias
na praia,
altivas)
Em San Paio de Antealtares

a Quintana de Vivos
dragonas
aloprados de La Guardia
aguardaram Federico

•

Santiago de Compostela
pátios de vida secreta
... qui tollit peccata mundi ...
quem habita aquelas falas lentas

& aflitas, das litanias, velas
& andando pelas vielas & Porta
da Mamoa com Darly & Bruna,
no Correo Gallego: "El Xacobeo catapulta

la economía" ou "la droga
incautada en la operación Temple",
rebaixas nas vitrines.
Hinos de seguir, ergue

Virxen, peregrinos
concha bivalve
& fole de repente sino
que se repete

Galiza, 7/1999.

Abstract

Montgat, Catalunha:
punhaladas no corpo,
na parede do quarto
(o cadáver

do equatoriano
degolado, só)
estava escrito
Hitler tenia raó

•

cinemas incendiados, em Quetta
Jawed Wassel esquartejado,
em Nova Iorque, numa quarta-
feira

em seu apartamento, depois
da estréia de *Dançarino
do Fogo*, um pouco do corpo
no carro do amigo

Com a Bruna
(ela aos 8 anos)

Ao atravessar o parque
folhas sob os pés
pisando, em mim, o outono

DECANTANDO

para preencher isto

era um homem sentado lá

sem regra ou programa

    fixo

    era um garoupa daqui gráfico

    sem nexo

mundo, refugo

    demais de mais

        eu coloquei o jarro na mesa

          colocando o jarro na mesa

        estava colocando o jarro na mesa

            daqui, gráfico, garoupa

um gráfico

um pistão

um arranjo

de um jarro

no sentar-se, sem programa, fixo

um grumo daqui garoupa

colocando, daqui

pistão, grumo

o jarro pousando na mesa,
confrontando-se com ela

•

repicava um damasco
repicava um americano
repicava um jarro, sentando,
assentando, o damasco
repicava um figo
repicando,

com pesar, ela disse,
em si,
estava de pé
estava luminoso
era uma fotoiluminação kireliana
estava lindo

"é mais do que isso, do que qualquer coisa" — explicou
feliz
& sentou
   cabeça nua

    & mais do que isso
    não muda
embora seus padrões
    variem, recorrentes,
em iluminação
   e oclusão, em meio
   ao campo, grade
    a mente é
como
   um jarro, figo luminoso
    era asteca
    tipo soquete
    estava perdida

daqui, poliedro, fictício
    limão, limite

ao acaso
    era um signo
    estava pintado
    era vítreo
& esvaiu-se em si

O SOM

Quis dizer agudo para
mudo quis dizer
vento sul talvez
um augúrio pensei que tivesse

ouvido o segredo
dos gerânios úmidos da flor
do flamboyant & do funcho
azul a cada minuto

mais nítido perdendo
sua condição de abandono,
de pano, cortina
cacos se

armando manhã de
setembro, num quadro opaco
lâmina de vidro enfim
espelho

•

A aurora não acorda o sono da primavera
o pássaro canta

cicio do vento & da chuva
noite morta flor

(sobre a grama) & quantas
janelas & mais nada
silêncio, o jacarandá espera
a cor da madrugada

encomendado por Anibal Cristobo, 9/2000

Canção (1)

Corpo impreciso
gengiva se
retraindo
por exemplo

este sapato
de vênus
cabeça de inverno
cada vez mais

cansaço íntimo
de metais
& vida,
ao menos, oscila

entre o degredo
de si
vidros se deitam
agora comigo

Canção (2)
CARTA A MICHAEL PALMER

Um alfabeto subterrâneo onde
o miosótis floresce ao contrário
através de folhas névoa
o que

canção da boca fechada
(enleio ou anelo,
do que há a dizer,
sol, círculo da sombra...)

diz (afirmações abstratas,
como estas, de *Letters to Zanzotto*)
muitas vezes nada
A hipoteca está à espera

do resgate
os sonhos estão em abonos
os mísseis, apontados
chilros de cíbalos dopados

4/2001

Canção (3)
(bossa nova)

Nogueira, ameixo, verdes da tarde
carros passam ao largo das paredes
das casas, taipas, e da colina
sinos da igreja. Vozes,

tempo lavanda e mirto firme,
"fazer do negro azul" ou qualquer coisa
assim melros aterrando no capim
e nos ramos espaço de sombra sob o sol

às margens quase do Mondego
choupos, uma cruz e quem
primavera, indo depois para o Astória e o
vento
vai, suave

quarta-feira, penúltimo dia de maio!
conversando no Café
Santa Clara com valter hugo mãe
nobody falls but mine

Coimbra, 30

Canção (4)

Quantas vezes esfregou
os dedos nas unhas
o sol caindo atrás das paredes
quantas vezes revezou-se

consigo mesmo em silêncio
quantas vezes esteve
no justo oriente de qualquer limo
quantas vezes quis

ser Rimbaud e traficou
aspirina
os dias passaram, severos,
como o vazio

hoje?, ontem?, quantas vezes
as grimpas não giraram
o amor era das palavras, entre elas
fria estrela que irrompe

Canção (5)

O que corta, alivia,
a tenta, e não a vida,
esquecer?
rói a memória tórpida

subsolo da noite, sol?
onde se agarram,
no quarto, golpes
o que sustenta

a cabeça? vento longevo
um galope de cascos breves
(ecos de)
alfeças quebrando pedras

o sono quer dormir
(guardem os martelos)
pesadelo de pisar em áscuas
soltando alfávegas de ferro

Canção (6)

Mais um golpe impunha dobras
na cova das olheiras
ninguém que me guardasse a porta
como um cão

Cadáver de suicídio,
naquela manhã suave de abril,
do vômito em jorro,
apagando qualquer

vestígio de flor em meu corpo,
Calúnia acéfala,
folhas amarelas do jacarandá,
cabeças ruivas das nipéias

a casa em declive de lua, iluminada
por um sol de hemisfério
búgulas, de vacilantes chamas azuis
verdade ou música?

(trapo do tempo
e de tanto desprezo,
o roxo tombo,
da verdade em peso)

para Alva Flôr, in memoriam

Canção (7)

Basta de discípulos wishful thinking
de Leminski inclusive
Basta! do Leminski
de não–discuto–com–o–destino

de o–que–pintar–eu–assino
ou o de transar–todas–as–ondas
(a época era outra
e aqui de guerrilhas

contra)
apoderado hoje, (à revelia?)
pela revolta oca de pares lorpas
visionários das curvas psicodélicas

dos dealers de Wall Street e da Sony
Basta de seguidores
do de "deixei lá atrás / meu passo à frente"
Sim, o ainda ímpar, que ensina

(silêncio ao som
e não! Basta,
de novo e agora, a este
Leminski–canção)

Canção (8)
(tradição brasileira)

Pária, minha língua,
manifesto engano
denuncia-se outro:
esta infiel canção

que seduz e o tom
encanta, esmagando
o verbo recôndito
o que chama e traz

além de evidências
da compra e da venda?
Acorda-se, em frases
diaadia e sempre

a luz que atrai, não
sobrevive à estrela?,
inópia hipnótica
de anúncios e letras

Acontecimento (2)
(little wing)

Entre nuvens
halo
que se dissipa
rápido

lilás
raio de lua
e contos de fadas
borboletas e zebras

— só — na sala,
ouvindo música,
asa, que se abre
(torna-se visível)

e me socorre
ventura, êxtase
movimenta-se
no vento e passa

Acontecimento (3)

Hoje é domingo ontem foi sábado, dia 1º de janeiro será feriado porque ouço música na sala e a lua não estará em um novo quarto, a semente é vermelha e dura, a madeira é escarlate, a semente é de madeira: vermelha e negra, de uma única fruta; a semente não cai da árvore, a semente tem asa, a semente tem pêlos, a semente é um pássaro de pena escarlate, a semente é madeira, que acorda nas grunhas, nos hortos e, uma vez, acordou na praia de Trindade; (há outros poucos tipos de semente de tenteiro, um deles, casca, da vagem, marrom, âmago, amarelo, vivo, e a semente é vermelha, rutilante, a vagem, sinuosa, vai secando), a semente só cai da árvore depois de no mínimo dois anos — a semente é lenha, a semente é fogo, a semente é vermelha, cinza, nas terras úmidas do Pará, é estrela, mucunas, buiuçu, ou, aqui, no sul, olho de cabra, tanto faz, a semente é colar, da árvore, flores só a intervalos de vários anos, (um vaso, no canto da sala, agora num silêncio sibilino, sinistro), pétalas negro-violáceas, algumas vezes mais claras fugazes

30/12/2001

Aniversário

O que fiz do tempo
êxito?
De acácias paralelas
agora em fevereiro

talvez o da... mirra
a anunciar a sina —
tigres famintos em busca da presa;
a estátua, de kanisha

cessaram os sapatos com a vida
I have been overkilled by my peers
o que digo
enigma?

(da janela, os automóveis, fluindo
kanisha é Ganesha,
um deus da Índia,
estátua, carniça!)
•
o nada transmigra
o bodisatva mija
o buda mijava
quando não era argila

A NUVEM

A nuvem é um espaço
abrupto. Um céu brusco
É um espaço muito
pouco firme e úmido

quando chove
é um espaço acústico
Espaço que se funde
(um abutre atravessa uma nuvem)

o raio rompe, ignívomo,
vômito de fogo,
o céu nublado da janela
do edifício no crepúsculo fulvo

um céu de rosas adunco
o vento traga as nuvens
êxtase
É um espaço vizinho

pó de meteoros e abismo
não está ao alcance do úmero
ou das mãos
É um espaço aflito

apátrida
para a chuva, as cifras e o cacto
lua ao meio-dia
É um espaço inútil

do ponto de vista de um número
É o espaço último
quando um míssil
noctilucente triste lúgubre

para Vera Barros

À BEIRA-MAR

Risco de luz, nuvem
risco, luz no horizonte
risco de luz, noite
nuvem na praia sob
a lua
rastro do astro no mar
mar, ritmo surdo
de vibrações
búfalo fosfóreo
a nuvem
(nuvem nua é a chuva
como de tarde,
nuvens disputam
o dia abre
o verde do mar?)
o aço do canto da maritaca
e do sanhaço
o alarme do cicio das cigarras
coqueiros altos ao longo do sono
coqueiro, lastro de navio
galope
o som do vento nos coqueiros
dentro de mim o pesadelo
noite, ave de rapina

o sonho é um bosque
espesso
o vento não leva o pesadelo
a vida escapa pelos dedos
(a morte igual menos a vida)
raiada de restos
sexo, inverno, trópico

Ilhéus, 28/7/2002

ABSTRACT (2)

Gaivotas caindo na água
em Niagara, verde.
Esgotam-se os dólares.
Um homem dormia num vão

numa esquina da Lexington
na calçada
da Collaborative High School —
School of the Future —

entre a porta de vidro
e as telas de arame,
caixas de papelão,
uma espécie de abrigo

(cigarros pisoteados),
"Visitors: no trespassing"
Ele não obedeceu ao aviso

•

Em Manhattan, só o rato é democrático

13/9/2002

Sucesso

Fratricidas às margens do Tigre,
tiranos à beira do Eufrates
um stinger decepa
o terceiro secto

da pata de um inseto
erra no anteluar
a voz dos tanques
queimando

os "vermes inimigos"
a harpa de ouro de Ur
e os "perigosos alfanjes"
(o money-maker é sempre

um astuto muito-a-muito)
dromedários nas covas
e o terceiro estômago de
outros ruminantes

Variação horaciana

O esqueleto do morcego é um dejeto
Inóbvio
Diante do espelho
Avança
Sob a pele
Do meu próprio

•

Esqueleto de morcego
Dejeto inóbvio
Diante do espelho
Avanço
Sob a pele
Do meu próprio

Música

Dias de agonia e pus
(um silêncio ininterrupto)
na cama, entre os fios,
meu pai morreu muito

Antimuseu

Ócio, verão exuberante, a poça, os dois canários beben-
do água na poça, um abacaxi, a fruta coroada, apodre-
cendo na grama, o mangue, céu nublado, uma garça no
mar, porque, daqui a pouco, terei as horas contadas, (os
minutos contados), os dias contados

•

agora, da janela do quarto, magnólias, a exuberância do
verão, que a chuva aflora, chuva da tarde, as doze pétalas
da guzmania lingulata estrela, laranja e verde, o elã das
plantas, rutilantes gladíolos, agapantos, vaganas, zebrinas,
o que cai com a chuva, cavalo, parado, horizonte, prima-
veras se largam, para além dos muros, nuvem e o que se
move por tais linhas

•

entre a foz do rio e o mar, no mangue, há árvores perto
do cavalo, moita de cães, terra firme?, o cavalo pastando
sob a chuva, angélicas, rente ao chão, tritomas altivas
para alívio de um raio, amarílis, curcumas, lírios, o sal da
lua nas ruas ainda vazias, palmeiras, o vento nas palavras,
pio, esparso, pássaros, e ela não mais jorra, pelos telhados,
a água, o que não passa com a chuva

Paraty, 22/1/2003

Suor

O mar o mormaço o meio-dia
um cão se delicia
nas ondas do mar
verde, a mata

verde avança
no rochedo
o esqueleto de um peixe
na areia da praia

a brisa
o que tenho a dizer?
o que ela diz

o rouco marulho das ondas
sim
e nada além de ser

Trindade, 1/2003

QUASE

Em mais uma troca
oca de mim para mim
mesmo entretanto oscilei
e o silêncio revidou

subi um degrau
reverso visível
como que num encanto
sapos no estômago

ratos nas entranhas
pus na medula
Duro como ferro
e inexpresso

cavei um espaço
no mármore
um bálsamo não me alçou
emérito despedido

o sol do dia
finalmente me persuadiu
à tarde, no Jardim Botânico
Poesia Pura,

Floribunda,
haste com espinhos —
vermelha, branca
rosíssima, como flor

Poema

Desdenho a fumaça que oscila no vento
Quem é o efêmero?
tais linhas, dias, que se recolheram
o sol

Palavras tentavam
(Panacéia! Traiam-se)
Fumaça, lançada pela canalha densamente
canina,
que (e)dita sílabos

tentáculos, bocas, esgar de quem.
Dispara mísseis em sílfides, falbalás
e nos silos
devassa de asas e estrelas

(nuvens hesitam?)
cadáveres abandonados em valetas
cotação dos pregões
(tudo está à venda)

sob o sopro áspero do nortia
o sol me pesa no osso, fêmures!

cérbero impondo-me,
a seco e a sós,

infernos sempre
em seus termos e o vento
de si próprio inventor
fala, da distância e do ermo

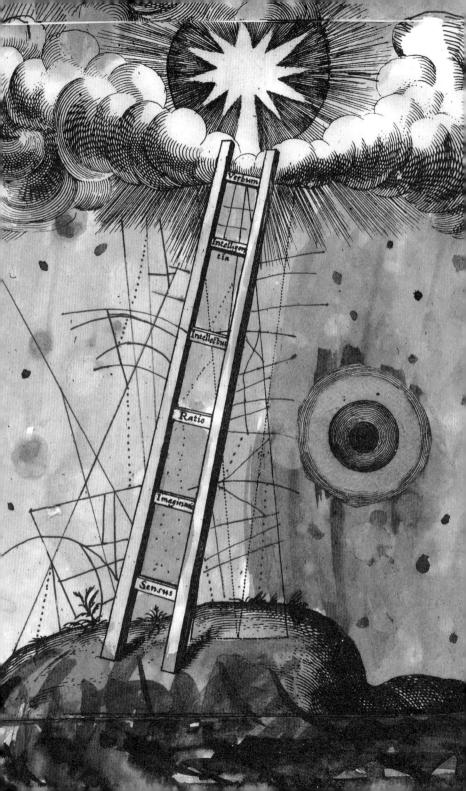

NOTA

OS FRAGMENTOS 1, 2, 3 e 4 do poema "Etc." bem como "Sexto poema", "Sétimo poema", "Sem título (1)" e "Sem título (2)" foram publicados na revista *Cult*, nº 43, São Paulo, fevereiro de 2001. Os fragmentos 1, 2, 3 e 4 de "Etc." saíram, com tradução para o inglês, feita por Odile Cisneros, na revista *Ecopoetics*, nº 1, Buffalo (EUA), 2001. Os fragmentos 5 e 6 de "Etc." estão em *Metamorfoses*, nº 4, 2003, revista editada em conjunto no Rio de Janeiro pela Cátedra Jorge de Sena para Estudos Literários Luso-Afro-Brasileiros da Faculdade de Letras da UFRJ e em Lisboa pela editora Caminho.

O poema "En las orillas del Sar" saiu em *Serta: Revista Iberorrománica de Poesía y pensamiento poético*, nº 6, Madrid, UNED, 2001.

"Exílio", "Oitavo poema" e "No Beco do Propósito" foram publicados, nos cadernos Mais! e no suplemento Folhinha, da *Folha de S. Paulo*, respectivamente, em 28 de maio de 2000, 16 de junho de 2002 e 15 de janeiro de 2003.

Os poemas "Sem título (3)" e "Sem título (4)" foram estampados na revista *Sibila*, n.º 1, São Paulo, outubro de 2001. "Aniversário" e "Acontecimento (3)", em *Sibila*, n.º 2, abril de 2002. E "A nuvem", em *Sibila*, n.º 3, outubro de 2003. "Decantando" é uma recriação de dois fragmentos do livro *Parsing* (1976), de Charles Bernstein, e apareceu, pela primeira vez, sem este título, em *Sibila*, n.º 0, 2001. Os poemas "Canção 4" e "Canção (7)" saíram respectivamente na revista *Época*, em 28 de abril de 2003, e na revista *Sebastião*, n.º 2, São Paulo, 2002.

Os fragmentos 1, 2, 3 e 4 do poema "Etc." bem como "Sétimo poema", "Sem título (1)" e "Sem título (4)", vertidos para o espanhol por Odile Cisneros, integram, com alguns poemas de *Céu-eclipse* (1999), a plaquete *Hilo de Piedra*, editada pela *Sibila: Revista de Arte, Música y Literatura*, n.º 10, Sevilla (Espanha), outubro de 2002.

Bibliografia do Autor

Poesia

Bicho Papel. São Paulo, Edições Greve, 1975.
Régis Hotel. São Paulo, Edições Groove, 1978.
Sósia da Cópia. São Paulo, Max Limonad, 1983.
Más Companhias. São Paulo, Olavobrás, 1987.
33 Poemas. São Paulo, Iluminuras, 1990.
Outros Poemas. São Paulo, Iluminuras, 1993.
Ossos de Borboleta. São Paulo, Editora 34, 1996.
Céu-eclipse. São Paulo, Editora 34, 1999.

Plaquetes

Me Transformo ou o Filho de Sêmele. Curitiba, Tigre do Espelho, 1999.
Hilo de Piedra. Plaquete editada pela revista *Sibila: Revista de Arte, Música y Literatura*, n. 10. Sevilha, out. 2002 (com poemas de *Céu-eclipse* e de *Remorso do Cosmos*).

ANTOLOGIAS

Primeiro Tempo. São Paulo, Perspectiva, 1995 (reunião dos livros *Bicho Papel*, *Régis Hotel* e *Sósia da Cópia*).
Sky-Eclipse Selected Poems. Los Angeles, Green Integer, 2000.
Lindero Nuevo Vedado. Porto, Edições Quasi, 2002 (com poemas de *33 Poemas*, *Outros Poemas*, *Ossos de Borboleta* e *Céu-eclipse*).

POEMA COLETIVO

Together – Um Poema, Vozes. São Paulo, Ateliê Editorial, 1996.

POESIA INFANTIL

Num Zoológico de Letras. São Paulo, Maltese, 1994.

CRÍTICA

Desbragada (antologia e estudo da poesia de Edgard Braga). São Paulo, Max Limonad, 1985.
Nothing the Sun Could Not Explain/ 20 Contemporary Brazilian Poets. Edited by Michael Palmer, Régis Bonvicino and Nelson Ascher. Los Angeles, Sun & Moon Press, 1997.
The PIP Anthology of World Poetry, volume 3, Nothing the Sun Could Not Explain: 20 Contemporary Brazilian Poets. Edited by Régis Bonvicino, Michael Palmer and Nelson Ascher. Los Angeles, Green Integer, 2003.
Envie Meu Dicionário (Cartas e Alguma Crítica), com Paulo Leminski. São Paulo, Editora 34, 1999.
Cem Versos ou Quase. São Paulo, Ateliê Editorial, 2003.

Tradução

LAFORGUE, Jules. *Litanias da Lua*. São Paulo, Iluminuras, 1989.

GIRONDO, Oliverio. *A Pupila do Zero*. São Paulo, Iluminuras, 1995.

PALMER, Michael. *Passagens*. Ouro Preto, Gráfica Ouro Preto, 1996.

CREELEY, Robert. *A Um*. São Paulo. Ateliê Editorial, 1997.

BERNSTEIN, C.; MESSERLI, D.; COLE, N. e BENNETT, G. *Duetos*. Paranavaí, Editora UEPG, 1997.

MESSERLI, Douglas. *Primeiras Palavras*. São Paulo, Ateliê Editorial, 1999.

Parceria

Cadenciando-um-ming, um Samba para o Outro. São Paulo, Ateliê Editorial, 2001 (com Michael Palmer).

Artes Plásticas

Do Grapefruit. São Paulo, Edição dos artistas, 1981 (traduções de poemas-instruções de Yoko Ono, com trabalhos gráficos de Regina Silveira).

Homepage

http://sites.uol.com.br/regis/